اِكْتِشافُ مَقْبَرَةِ
تُوت عَنْخ آمُون

المُحتَوَيات

بقلم: جوليت كيريج

Collins

مَنْ هُمُ المِصْرِيُّونَ القُدَماء؟

في مِصْرَ، قبلَ ٧٠٠٠ عامٍ، عاشَ النّاسُ على ضِفافِ أَطْوَلِ نَهرٍ في العالَم: نَهرِ النّيلِ، وسَمّوا أَنْفُسَهُمْ «شَعْبُ الأرضِ السَّوْداءِ»، لأنَّ **الفَيَضانَ** السَّنَوِيَّ كانَ يُخَلِّفُ وَراءَهُ الطَّمْيَ والطّينَ الأَسْوَد.

كانَتْ ضِفافُ النّيلِ مَكانًا تَطيبُ فيهِ المَعيشة. زَرَعَ الفَلّاحونَ القَمْحَ لِصُنْعِ الخُبزِ، والشَّعيرَ لِعَمَلِ المَشْروباتِ، والكِتّانَ لصِناعةِ المَلابِس. كانَتِ النَّباتاتُ الّتي تَنْمو على ضِفافِ النَّهرِ تَدخُلُ في إِنْتاجِ وَرَقِ البَرْدِيِّ المُسْتَخْدَمِ في الكِتابةِ، وكانَ طوبُ البِناءِ يُصْنَعُ من طينِ النَّهر. كانَ النّاسُ يُسافِرونَ في زَوارِقَ نَهْرِيَّةٍ، ويَصطادونَ الأَسْماكَ والطُّيور.

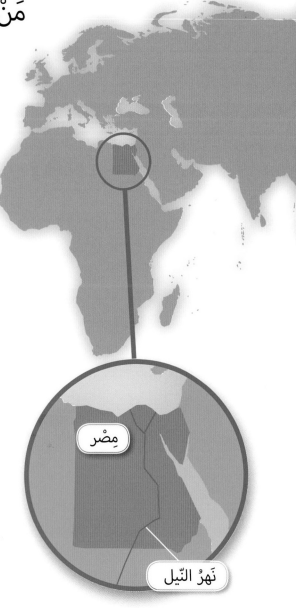

مِصْر
نَهرُ النّيل

نَشَأَتْ ثَلاثُ **مَمالِكَ** على ضِفافِ النّيلِ قبلَ أكثرَ من ٥٠٠٠ عامٍ، وتَوَحَّدَتْ، حَوالي عامِ ٢٩٥٠ قبلَ الميلادِ، تحتَ رايةِ حاكِمٍ واحدٍ يُدْعى «مينا».

وكانَ مينا، وجَميعُ المُلوكِ الّذينَ حَكَمُوا من بَعدِهِ، يَعْبُدونَ الآلِهَةَ، ويُلْزِمونَ النّاسَ بِإطاعةِ القانونِ، ويَقودونَ الجَيشَ، ويَبنونَ التّماثيلَ، ويُشَيِّدونَ القُصورَ والمَعابِدَ والمَقابِرَ.

ومعَ مُرورِ الزَّمَنِ، أَصْبَحَ «شَعْبُ الأرضِ السَّوْداءِ» مَعْروفًا باسمِ «المِصْرِيّونَ القُدَماء».

حقيقة

كانَتِ الصَّحارَى على جانِبَيْ نَهرِ النّيلِ تُعْرَفُ باسمِ «الأرضُ الحَمْراء». وكانَتْ تِلكَ الصَّحارَى حارّةً شَديدةَ الجَفافِ، ويَصْعُبُ عُبورُها. لِذا، كانَ النّاسُ الّذينَ عاشوا على ضِفافِ النّيلِ في مَأمَنٍ من هَجَماتِ الأعْداء.

لماذا كانَ المِصْرِيُّونَ القُدَماءُ يُحَنِّطونَ الجُثَث؟

اِعْتَقَدَ المِصْرِيُّونَ القُدَماءُ أنَّهُمْ سَيَتَمَتَّعونَ بعدَ المَوْتِ بِحياةٍ أُخْرى كالّتي تَرَكوها وراءَهُمْ. فَسَيَأكُلونَ ويَشرَبونَ، وسيَلعَبُونَ ويَعمَلونَ في الحُقول. ومن أَجْلِ المُشارَكَةِ في هذه «الحَياةِ بعد المَوْتِ»، فإنَّ الأَمْرَ يَتَطَلَّبُ التَّحْنيطَ، وهو المُحافَظَةُ على الجِسْمِ وتَحْويلُهُ إلى مُومْياء.

في البِدايةِ، أَخْرَجَ المُحَنِّطونَ المُخَّ بِعِنايةٍ عن طَريقِ الأَنْفِ، ثُمَّ أَزالوا أَغْلَبَ الأَعْضاءِ الدّاخِلِيَّةِ عَبْرَ شَقٍّ في جانبِ الجِسْمِ حَتّى لا تَتَحَلَّلَ لو تَرَكوها داخِلَ الجُثَّة. كذلك، اِعْتَقَدَ المِصْرِيُّونَ القُدَماءُ أنَّ المَيِّتَ سَيَحْتاجُ إلى هذه الأَعْضاءِ، فَوَضَعوها في أَوانٍ خاصَّةٍ تُعْرَفُ باسمِ «الجِرارُ الكانوبِيَّة».

جِرارٌ كانوبِيَّةٌ مَطْلِيَّة

بَعدَ ذلك، كانَتِ الجُثَّةُ تُغَطّى بالمِلحِ لِمُدّةِ ٤٠ يومًا لِحِفْظِها، ثُمَّ تُطْوَى في لَفائِفِ الكَتّان. وأخيرًا، كانَتْ تُلَفُّ بِقِطعَةِ قُماشٍ واحدةٍ، وتوضَعُ في **تابوت**. جَرَتِ العادةُ أن يَتِمَّ صَبُّ زُيوتٍ خاصّةٍ فوقَ الجُثَّةِ قبلَ تَركيبِ غِطاءِ التّابوت.

المُحَنِّطونَ يُجَهِّزونَ المومْياءَ بِلَفِّ الجُثَّةِ بالكَتّان.

لماذا شَيَّدَ المِصْرِيُّونَ القُدَماءُ المَقابِرَ؟

كانَ الفُقَراءُ منَ المِصْرِيّينَ يُدْفَنونَ في الرِّمالِ في قُبورٍ بَسيطةٍ، في حينِ كانَ الأغْنياءُ والمُهِمّونَ، مثلُ **النُّبَلاءِ** أو **الكَهَنَةِ**، يُدْفَنونَ في مَقابِرَ صغيرةٍ. أمّا المُلوكُ، الّذينَ يُدعَونَ الفَراعِنَةَ، فَشَيَّدوا الأَهْراماتِ، وهي مَقابِرُ عِملاقةٌ منَ الحَجَر.

كانَتِ الجُثَّةُ المُحَنَّطَةُ تُوضَعُ في حُجْرَةِ الدَّفْنِ، في وَسَطِ الهَرَم. وكانَ الطَّعامُ والشَّرابُ والمَلابِسُ والأثاثُ والمُجَوْهَراتُ تُوضَعُ أيضًا في الهَرَم، لِيَسْتَخْدِمَها الفِرْعَونُ في حَياتِهِ بعدَ المَوْت.

شُيِّدَتِ الأَهراماتُ لِلمُحافَظةِ على مومياءاتِ الفَراعِنةِ المَدفونةِ فيها. إلّا أنَّ أَغْلَبَ الأَهْراماتِ تَعَرَّضَتْ لِلسَّطْوِ وسُرِقَتِ الأَشْياءُ المَدفونةُ معَ الجُثَث.

بعدَ ذلك، قَرَّرَ الفَراعِنةُ بِناءَ المقابِرِ في أماكِنَ مَخْفِيَّةٍ وأكثرَ أَمانًا. اِخْتاروا وادِيًا غَربَ النّيلِ، وهو «وادي المُلوك».

الهَرَمُ الأَوسَطُ هو الهَرَمُ الأكبرُ في الجيزة.

ما الّذي تَمَّ العُثورُ عَلَيْهِ في «وادي المُلوك»؟

اِكْتَشَفَ عُلَماءُ الآثارِ ٦١ مَقْبَرَةً في «وادي المُلوك» قبلَ عامِ ١٩٢٢، بُنِيَتْ كلُّها بينَ ١٥٣٩ إلى ١٠٦٩ قبلَ الميلاد. اِخْتَلَفَتْ هذه المَقابِرُ كثيرًا عنِ الأَهراماتِ، لأنَّها كانَتْ تُحْفَرُ على ارتِفاعٍ عالٍ في وَجهِ الصُّخورِ لِإخْفائِها.

اِحْتَوَتْ أكبرُ مَقْبَرَةٍ على ١٢١ حُجْرَةً ودِهْليزًا. يَعْتَقِدُ الخُبَراءُ أنَّها شُيِّدَتْ لِأَبْناءِ الفِرْعَونِ رَمْسيس الثّاني. كانَتْ جُدْرانُ بَعضِ المَقابِرِ وسُقوفُها مَطْلِيَّة. اِحْتَوَتْ بَعضُها على نُعوشٍ حَجَرِيَّةٍ فيها جُثَثٌ مُحَنَّطَةٌ، إلّا أنَّ أَغْلَبَ المقابِرِ كانَتْ فارِغة.

مَداخِلُ المَقابِرِ في «وادي المُلوك»

مَقْبَرَةٌ واحدةٌ فقط، اُكْتُشِفَتْ عام ١٩٠٥، وَفَّرَتْ دَليلًا على فَخامةِ الدَّفْنِ المَلَكِيِّ ورَوْعَتِهِ في ذلك الوقت. كانَتْ، بداخِلِها، مومياءانِ في حالةِ حِفْظٍ جَيِّدةٍ، معَ قِناعَيْنِ مَطْلِيَّيْنِ بالذَّهَبِ، ومَقاعِدَ، وأَسِرَّةٍ، وصُندوقٍ لِلمُجَوْهَراتِ، إلّا أنَّ اللُّصوصَ كانوا قَدْ سَرَقوا المُجَوْهَرات.

لَمْ تَكُنْ مَقابِرُ «وادي المُلوكِ» أكثرَ أمانًا مِمّا كانَتْ عَلَيْهِ الأهرامات.

قِناعُ «يويا»

قِناعُ «تويا»

مَن كانَ تُوت عَنْخ آمُون؟

في عامِ ١٩٠٧، تَمَّ العُثورُ على صُنْدوقٍ خَشَبِيٍّ مَدفونٍ في «وادي المُلوك»، ومَكْتوبٍ علَيْهِ باللُّغةِ المِصْرِيَّةِ القديمةِ، المُسَمّاةِ الهيروغْليفيّةِ، اِسمُ «تُوت عَنْخ آمُون».

كان الخُبَراءُ يَعْرِفونَ أنَّ تُوت عَنْخ آمُون كانَ فِرْعَونًا حَكَمَ مِصرَ مُنذُ ٣٠٠٠ سَنةٍ، وأنَّهُ أَصْبَحَ فِرْعَونًا في سِنِّ الثّامِنةِ، أو التّاسِعةِ، وأنَّهُ حَكَمَ لِعشرِ سِنين، من عامِ ١٣٣٣ إلى عامِ ١٣٢٢ قبل الميلاد. وبِما أنَّهُ كانَ صغيرَ السِّنِّ، فَقَدْ كانَ لَدَيْهِ مُسْتَشارونَ يُساعِدونَهُ في الحُكْم.

عاشَ تُوت عَنْخ آمُون في مدينةِ اَخيتاتن، وبَعدَها في طيبة، ومَمْفيس.

تَزَوَّجَ فَتاةً شابّةً اسمُها «عَنْخ إسَن آمون».

تقولُ هذه اللُّغةُ الهيروغْليفيَّة: «تُوت عَنْخ آمُون حاكِم هيليوبوليس».

آتون كانَ يُشبِهُ الشّمس.

تَغَيَّرَتِ الدِّيانَةُ قبلَ أن يُصْبِحَ تُوت عَنْخ آمُون فِرْعَونًا. فَبَدَلًا من عِبادَةِ الكثيرِ منَ الآلِهةِ المُخْتَلِفةِ، وأَهَمُّها الإلَهُ آمون، قَرَّرَ الفِرْعَونُ آنَذاك عِبادةَ إلَهٍ واحدٍ فقط: الإلَهِ آتون. ولكن، بَعدَما أَصْبَحَ تُوت عَنْخ آمُون فِرْعَونًا، كانَ أهَمُّ ما فَعَلَهُ هو إرْجاعُ الدِّيانَةِ السّابِقَةِ، فأصْبَحَ النّاسُ أحْرارًا في عِبادَةِ الكثيرِ منَ الآلِهةِ المُخْتَلِفةِ مَرّةً أُخْرى.

لَمْ يُعرَفْ أيُّ شَيءٍ آخَرَ عن تُوت عَنْخ آمُون في ذلك الوقتِ، ولكنَّ تَغَيُّرًا كانَ على وَشْكِ الحُدوث.

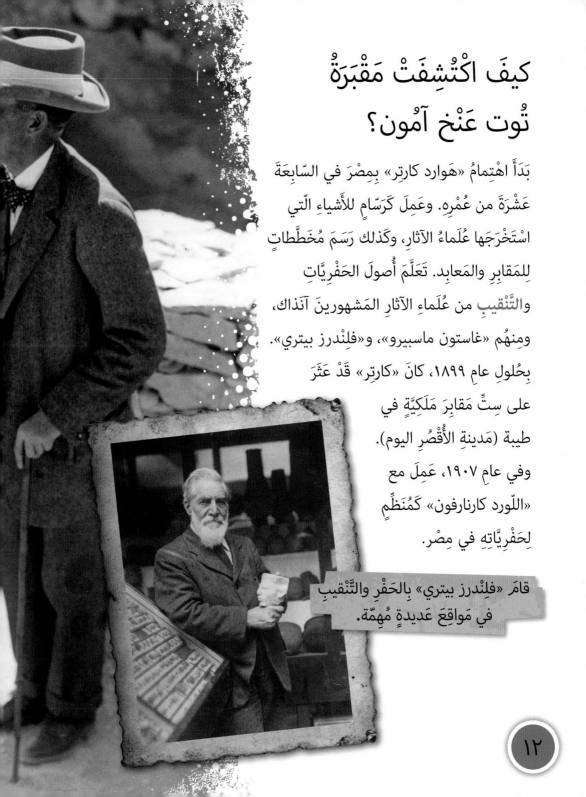

كيفَ اكْتُشِفَتْ مَقْبَرَةُ تُوت عَنْخ آمُون؟

بَدَأَ اهْتِمامُ «هَوارد كارتِر» بِمِصْرَ في السّابِعَةَ عَشْرَةَ من عُمْرِهِ. وعَمِلَ كَرَسّامٍ للأَشياءِ الّتي اسْتَخْرَجَها عُلَماءُ الآثارِ، وكَذلك رَسَمَ مُخَطَّطاتٍ لِلمَقابِرِ والمَعابِد. تَعَلَّمَ أُصولَ الحَفْرِيّاتِ و**التَّنْقيبِ** من عُلَماءِ الآثارِ المَشهورينَ آنَذاك، ومِنهُم «غاستون ماسبيرو»، و«فلِنْدرز بيتري». بِحُلولِ عامِ ١٨٩٩، كانَ «كارتِر» قَدْ عَثَرَ على سِتِّ مَقابِرَ مَلَكِيَّةٍ في طيبة (مَدينةِ الأُقْصُرِ اليوم). وفي عامِ ١٩٠٧، عَمِلَ مع «اللّورد كارنارفون» كَمُنَظِّمٍ لِحَفْرِيّاتِهِ في مِصْر.

قامَ «فلِنْدرز بيتري» بِالحَفْرِ والتَّنْقيبِ في مَواقِعَ عَديدةٍ مُهِمّة.

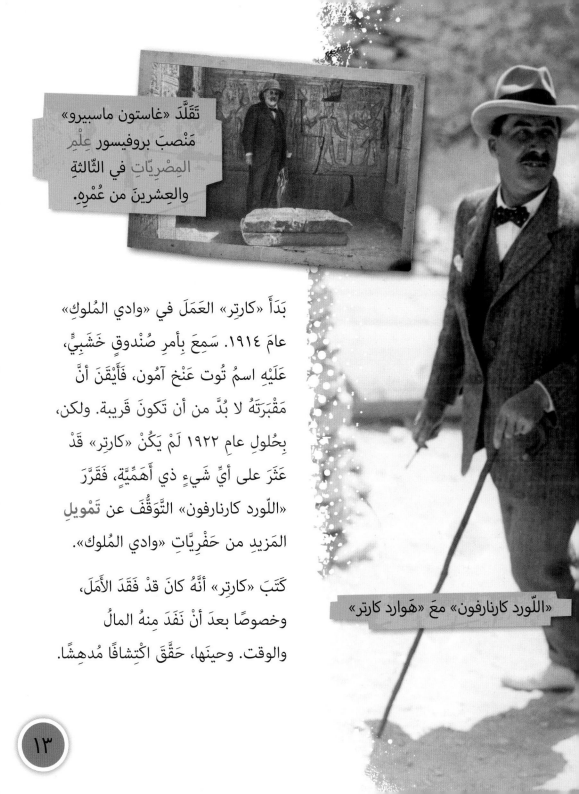

تَقَلَّدَ «غاستون ماسبيرو» مَنْصبَ بروفيسور عِلْمِ المِصْرِيّاتِ في الثّالثةِ والعِشرينَ من عُمْرِهِ.

بَدَأَ «كارتِر» العَمَلَ في «وادي المُلوكِ» عامَ ١٩١٤. سَمِعَ بِأمرِ صُنْدوقٍ خَشَبِيٍّ، عَلَيْهِ اسمُ تُوت عَنْخ آمُون، فَأَيْقَنَ أنَّ مَقْبَرَتَهُ لا بُدَّ من أن تَكونَ قَريبة. ولكن، بِحُلولِ عامِ ١٩٢٢ لَمْ يَكُنْ «كارتِر» قَدْ عَثَرَ على أيِّ شَيءٍ ذي أَهَمِّيَّةٍ، فَقَرَّرَ «اللّورد كارنارفون» التَّوَقُّفَ عن تَمْويلِ المَزيدِ من حَفْرِيَّاتِ «وادي المُلوك».

كَتَبَ «كارتِر» أنَّهُ كانَ قدْ فَقَدَ الأَمَلَ، وخصوصًا بعدَ أنْ نَفَدَ مِنهُ المالُ والوقت. وحينَها، حَقَّقَ اكْتِشافًا مُدهِشًا.

«اللّورد كارنارفون» معَ «هَوارد كارتر»

في يومِ ٤ نوفَمْبِر ١٩٢٢،
كانَ «كارتِر» يَعمَلُ في
مَقْبَرَةٍ عِندَما عَثَرَ على عَتَبَةٍ
في الرَّملِ تُؤَدِّي إلى مكانٍ
في أَسْفَلِ المَقْبَرَةِ الّتي
كانَ يَعْمَلُ فيها. وبِحُلولِ
٢٠ نوفَمْبِر، كانَ «كارتِر»
وفَريقُهُ قَدْ حَفَروا
لِيَكْشِفُوا عن ١٦ عَتَبَةً
قادَتْهُمْ إلى مَدْخَلٍ مَسْدود.

على المَدْخَلِ، كانَ هناك
اسمٌ مَكتوبٌ بالهيروغْليفِيَّة.
كانَ الاسمُ الّذي يَبْحَثُ
«كارتِر» عَنْهُ: تُوت عَنْخ آمُون.

«هوارد كارتِر» والعُمّالُ
المِصْرِيّونَ في المَقْبَرة.

اِسْتَمَرَّ «كارتِر» في الحَفْرِ، إلى أن وَجَدَ نَفَقًا في الصَّخْرِ، مَليئًا بالحِجارةِ والأَنْقاضِ، قادَهُ إلى مَدْخَلٍ آخَرَ مَسْدود. فَتَحَ ثَغْرةً صغيرةً في ذلك المَدْخَلِ لِيَرى أشكالًا لِحَيَواناتٍ، وتَماثيلَ لأشخاصٍ، وبَعضَ قِطَعِ الأَثاثِ، ووميضَ ذَهَب. أخيرًا، عَثَرَ «كارتِر» على مَقْبَرَةِ تُوت عَنْخ آمُون.

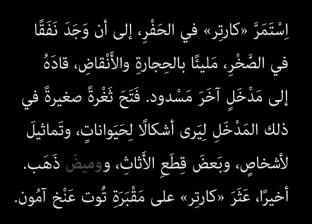

مَنْظَرُ الحُجْرَةِ الأولى الّتي رَآها «كارتِر».

ماذا كانَ بِداخِلِ مَقْبَرَةِ تُوت عَنْخ آمُون؟

عِندَما اخْتَرَقَ «كارتِر» المَدْخَلَ ودَخَلَ المَقْبَرَةَ، وَجَدَ أربعَ حُجُراتٍ صغيرةٍ، فأَعطى لِكُلٍّ مِنها اسمًا: حُجْرَةُ الانْتِظارِ، الحُجْرَةُ المُلْحَقةُ، حُجْرَةُ الكَنْزِ، وحُجْرَةُ الدَّفْنِ.

كانَتِ الكُنوزُ مُكَدَّسَةً عالِيًا في كلِّ حُجْرَةٍ، ولكنَّها كانَتْ في حالةٍ منَ الفَوْضى العارِمة. أَدْرَكَ «كارتِر» أنَّ المَقْبَرَةَ تَعَرَّضَتْ لِلسَّطْوِ قبلَ ذلك بِأَعْوامٍ كثيرة.

حُجْرَةُ الكَنْز
حُجْرَةُ الدَّفْن

كَتَبَ «كارتِر» في يَوْمِيّاتِهِ أنَّهُ رَأى بَصَماتِ أصابِعِ اللُّصوصِ على بَعْضِ قَوارِيرِ الزَّيْتِ.

ولكِن، على خِلافِ المَقابِرِ الأُخرى في «وادي المُلوكِ»، لَمْ يَأْخُذِ اللُّصوصُ كُلَّ شَيْءٍ. أيْقَنَ «كارتِر»، على الفَوْرِ، أنَّهُ وَجَدَ شَيْئًا مُهِمًّا. وكَتَبَ في رِسالةٍ: «لَمْ يَسبِقْ أبَدًا... أنْ شُوهِدَ مِثلُ هذا المَنْظَرِ المُذْهِلِ.»

حُجْرَةُ الانْتِظار

الحُجْرَةُ المُلْحَقَة

المَدْخَل

حُجْرَةُ الانْتِظار

كانَتْ حُجْرَةُ الانْتِظارِ أوَّلَ حُجْرَةٍ يَعْثُرُ عَلَيْها «كارتِر». اِحْتَوَتِ الحُجْرَةُ على أَسِرَّةٍ، وصَناديقَ، ومَقاعِدَ، وزَهْرِيّاتٍ، وعَرَباتٍ مَلَكِيَّةٍ مُكَدَّسةٍ بِغَيرِ تَرتيب. حَمَلَتْ جَميعُ القِطَعِ الكبيرةِ اسمَ «تُوت عَنْخ آمُون» بالهيروغْليفِيَّة.

في البِدايةِ، رَأى «كارتِر» سَريرًا بِشَكلِ بَقَرَتَيْنِ، حَمَلَتْ كُلٌّ مِنهُما شمسًا بَينَ قَرْنَيْها. كان السَّريرُ مَصْنوعًا منَ الخَشَبِ، ومَطْلِيًّا بِالذَّهَب.

كانَتْ هناك أسِرَّةٌ أُخْرى مُسْتَعْمَلةٌ في المَقْبَرَة. لا يَعْتَقِدُ الخُبَراءُ أنَّ هذا السَّريرَ كان لِلاِسْتِخْدامِ اليَوميِّ، ويُرَجِّحونَ أنَّهُ صُنِعَ لِيَنْقلَ الفِرْعَونَ إلى العالَمِ التّالي، لِيَنْقُلَهُ إلى الحَياةِ بعدَ المَوْت.

سَريرُ البَقَرَتَيْنِ كانَ لِنَقْلِ الفِرْعَونِ إلى الحَياةِ بعدَ المَوْت.

تَمَّ العُثُورُ أيضًا على عَرْشٍ خَشَبِيٍّ في حُجْرَةِ الانْتِظار. وكانَ مَطْلِيًّا بالذَّهَبِ ومُزَخْرَفًا بِرُؤوسِ الأُسُودِ والثَّعابينِ المُجَنَّحَة. يُرَجِّحُ الخُبَراءُ أنَّ تُوت عَنْخ آمُون كانَ يَسْتَخْدِمُ هذا العَرْشَ عِندَما كانَ على قَيْدِ الحَياة.

على الجُزءِ الخَلْفِيِّ منَ العَرْشِ، هناك صورةٌ لِقُرْصِ الشّمسِ، ولِشُعاعٍ يَنْتَهي بِأَيدٍ بَشَرِيَّة. تُمَثِّلُ هذه الصّورةُ أكثرَ الآلِهَةِ أَهَمِّيّةً في مِصْرَ القَديمةِ، عِندَما كانَ تُوت عَنْخ آمُون طِفْلًا، وهو الإلَهُ آتون. يَعْتَقِدُ الخُبَراءُ أنَّهُ تَمَّ تَغْييرُ بَعضِ الكِتاباتِ الهيروغْليفِيَّةِ على العَرْشِ عِندَما غَيَّرَ تُوت عَنْخ آمُون الدِّيانَةَ، وتَغَيَّرَ رَمْزُ الإلَهِ آتون إلى رَمْزِ الإلَهِ آمون. أَهَمِّيَّةُ هذا العَرْشِ هي أنَّهُ يُمَثِّلُ مُعْتَقَدَيْنِ دينِيَّيْنِ مُخْتَلِفَيْنِ: الإلَهَ آتون والإلَهَ آمون.

في الصّورةِ نَفْسِها، يَجْلِسُ الفِرْعَونُ وأمامَهُ زَوجَتُهُ، تَدْهَنُ كَتِفَهُ بالزَّيت. مَلابِسُهُما فِضِّيَّةٌ، ويَتَزَيَّنانِ بِقِلاداتٍ وأَساوِرَ مُنَمَّقَةٍ، وأَغْطِيَةِ رأسٍ دَقيقةِ الصُّنع. أَهَمِّيَّةُ هذه الصّورةِ أيضًا هي أنَّها تُظْهِرَ نوعَ المَلابِسِ الّتي ارْتَداها الفَراعِنَةُ، كَما أنَّها واحدةٌ منَ الصُّوَرِ النّادرةِ لِزَوجةِ تُوت عَنْخ آمُون.

لَمْ يَتَبَدَّلِ الأُسْلوبُ الفَنِّيُّ لِلمِصْرِيّينَ القُدَماءِ على امْتِدادِ مِئاتِ السِّنينِ، وكانَ النّاسُ دائمًا يَرْسُمونَ ويُلَوِّنونَ بِالطَّريقَةِ نَفْسِها. ولكن، في هذه الصّورة، يَظْهَرُ النّاسُ بأُسْلوبٍ جديدٍ؛ فالفِرْعَونُ وزَوجَتُهُ يَجلِسانِ في حالةِ اسْتِرْخاءٍ، ولَيْسا في وَضْعٍ رَسْمِيٍّ مُتَكَلِّف.

أكثرُ ما وَرَدَنا عن مَلابِسِ المِصْرِيّينَ القُدَماءِ كانَ عنْ طَريقِ اللَّوْحاتِ الجِدارِيَّةِ المَطْلِيَّةِ على المَنْحوتات. كانَ الخُبَراءُ على عِلْمٍ بِكَيْفِيَّةِ صُنْعِ المَلابِسِ بَعدَ العُثورِ على مُعِدّاتِ نَسْجٍ قديمةٍ بِالقُربِ من «وادي المُلوك». كَما كانوا على عِلْمٍ بأنَّ الكَتّانَ اسْتُخْدِمَ لِنَسْجِ المَحارِمِ، ولُفافاتِ المومياءاتِ، والمَلابِس. إلّا أنَّ «كارتِر» وَجَدَ في حُجْرَةِ الانْتِظارِ شَيئًا نادِرًا لِلغايةِ... مَلابِسَ حَقيقِيّة.

قُفّازٌ مَصْنوعٌ منَ الكَتّان

مُجَوْهَراتُ تُوت عَنْخ آمُون

ما عَدا المُلوكَ، كانَ المِصْرِيّونَ القُدَماءُ يَمْشونَ حُفاة.
كانَ في المَقْبَرَةِ أكثرُ من ٣٠ زَوجًا منَ الصَّنادِلِ والشَّباشِبِ، مَصْنوعًا منَ الجِلدِ والبَرْدِيِّ، ومُزَيَّنًا بِالخَرَزِ والذَّهَب.
كما اكْتُشِفَ رِداءٌ مُزَخْرَفٌ بالتِّرْتِرِ الذَّهَبِيِّ، وآخَرُ مُزَخْرَفٌ بِأكثرَ من ٣٠٠٠ حِلْيَةٍ وَرِدِيَّةٍ ذَهَبِيَّةٍ. هذا فَضلًا عنْ أَقْمِشَةٍ منَ الكَتّانِ بِخُيوطٍ ذَهَبِيَّة. تَعَلَّمْنا الكَثيرَ عن مَلابِسِ الأَغْنِياءِ من هذه الاكْتِشافاتِ؛ كيفَ كانَتْ تُصْنَعُ ومِمَّ، وبِأَيِّ مَوادَّ كانَتْ تُزَيَّن. كذلك، أَظْهَرَتِ المَقْبَرَةُ أنَّ النَّساجينَ، في ذلك الزَّمَنِ، كانوا على قَدْرٍ كبيرٍ منَ المَهارة.

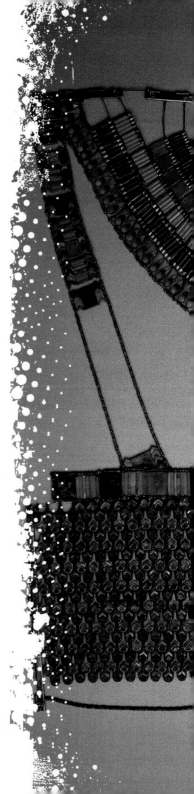

كانَتِ الصَّنادِلُ والشَّباشِبُ مُزَيَّنَةً بالخَرَزِ والذَّهَب.

الحُجْرَةُ المُلْحَقة

كانَتِ الحُجْرَةُ الواقِعَةُ خَلفَ حُجْرَةِ الانْتِظارِ هي المَخْزَن. كانَ بِداخِلِها أكثرُ من ١٠٠ سَلَّةٍ منَ النَّسيجِ، مَليئةٍ بالطَّعامِ، كالتُّمورِ، والرُمّانِ، والجَوْزِ، والحُبوبِ، والتّوتِ، والثّوم. ووَجَدوا فيها أيضًا نحوَ ١٢ رَغيفَ خُبزٍ، وقارورةَ عَسَلٍ تَحْمِلُ عَلامةَ «نَوْعِيَّةٌ جَيِّدَة». وكانَتْ هناك صَناديقُ خَشَبِيَّةٌ مَليئَةٌ بِاللَّحْمِ، و٣٦ قارورةَ شَّرابٍ، هي الآن فارِغَة. تُرِكَ هذا الطَّعامُ والشَّرابُ في مَقْبَرَةِ تُوت عَنْخ آمُون لِيَتَمَتَّعَ بِهِ في الحَياةِ بعدَ المَوْت.

صَناديقُ منَ الطَّعامِ المُحَضَّرِ تُرِكَتْ في مَقْبَرَةِ تُوت عَنْخ آمُون.

سَلَّةُ ثِمار

تَعَرَّفْنا من هذه الاكْتِشافاتِ على أَنْواعِ الطَّعامِ والشَّرابِ الّتي كانَتْ مُتَوَفِّرَةً في زَمَنِ مِصْرَ القديمةِ، وعلى الطَّعامِ الّذي كانَ يَتَناوَلُهُ الأَغْنياء. كانَ اللَّحْمُ يُعْتَبَرُ تَرَفًا بالنِّسْبَةِ لِلفُقَراءِ الّذين عاشَوا على الخُبزِ والخُضْرَوات. ولكنَّ أيَّ شَخصٍ، غَنيًّا كانَ أو فَقيرًا، كان سَيُلْحِقُ الضَّرَرَ بِأَسْنانِهِ بِتَناوُلِهِ بَعضَ أنواعِ الطَّعام. فَمَثَلًا، اِحْتوى الخُبزُ الّذي وُجِدَ في المَقْبَرَةِ على رِمالٍ وحُبَيْباتٍ صَحْراوِيَّةٍ يَعْتَقِدُ الخُبَراءُ أنَّها هَبَّتْ منَ الصَّحْراءِ، واسْتَقَرَّتْ في الدّقيقِ من حِجارةِ الطَّحْن.

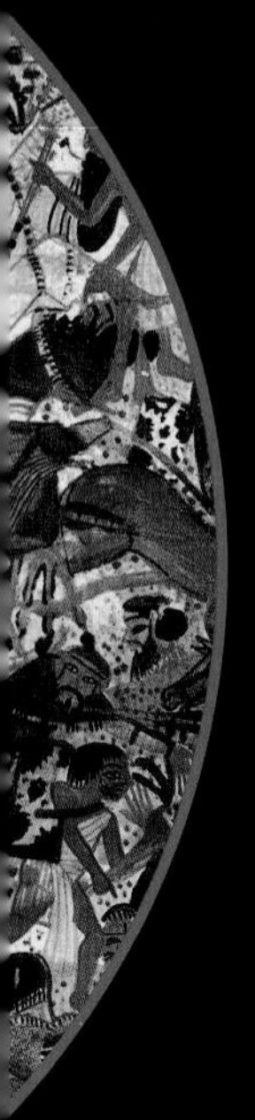

اِسْتَخْدَمَ المِصْرِيّونَ القُدَماءُ الصَّناديقَ لِلتَّخزين. ووُجِدَتْ في مَقْبَرَةِ تُوت عَنْخ آمُون صناديقُ فيها مَلابِسُ وأَحْذِيَة. اِمْتَلَكَ الأَثْرِياءُ مِنهُم صَناديقَ مُزَيَّنَةً بالزَّخارِفِ الجميلة.

وُجِدَ، في الحُجْرَةِ المُلْحَقَةِ، صُندوقٌ مُزَخْرَفٌ يُظْهِرُ تُوت عَنْخ آمُون وهو يَسْتَخْدِمُ القَوْسَ في عَرَبةٍ مَلَكِيَّةٍ تَجُرُّها الخُيول. ويَحْوي صُنْدوقٌ آخَرُ مَنْظَرًا مَنحوتًا للفِرْعَون، وهو جالِسٌ، وتَجْلِسُ زَوجَتُهُ عِندَ قَدَمَيْهِ، تُناوِلُهُ سَهْمًا لِيَصْطادَ الطُّيورَ البَرِّيَّةَ والسَّمَك. كانَ، في المَقْبَرَةِ، العَديدُ من أَشْكالِ القَوْسِ والسَّهْمِ، فَضْلًا عنِ البومارَنْغ (الكَيْدِ المُرْتَدِّ)، الّذي كانَ يُرمى على الحَيَواناتِ أثناءَ الصَّيْد.

يوجَدُ تِمْثالٌ صغيرٌ غيرُ اعتِياديٍّ يُظْهِرُ تُوت عَنْخ آمُون، وهو يُوازِنُ نَفْسَهُ على زَوْرَقٍ منَ البَرْديِّ، ويُمْسِكُ رُمْحًا بِيَدِهِ، وهو يَصْطادُ فَرَسَ النَّهْر. كانَ المِصْرِيّونَ القُدَماءُ يَصْطادونَ من أَجْلِ الطَّعامِ، إلّا أنَّ هذه الصَّناديقَ تُظْهِرُ الفِرْعَوْنَ وهو يُمارِسُ الصَّيْدَ كَرِياضَة.

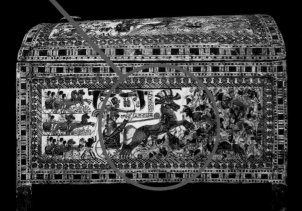

تِمْثالٌ لِتُوت عَنْخ آمُون وهو يَصْطاد

جانِبٌ لِصُندوقٍ مُزَخْرَفٍ يُظْهِرُ تُوت عَنْخ آمُون في عَرَبةٍ تَجُرُّها الخُيول.

وَجَدَ «كارتِر» أربعَ ألعابٍ في الحُجْرَةِ المُلْحَقَة: لُعبَةً تُدْعَى «اللُّصوص»، وتَتَضَمَّنُ ٢٠ مُرَبَّعًا، وفي الجانِبِ الآخَرِ، ٣٠ مُرَبَّعًا لِلُعْبةٍ أُخْرى تُدْعَى «سينيت». يُفْتَرَضُ أن تكونَ قِطَعُ اللُّعبَةِ الصّغيرةُ مَوْضوعَةً في دُرْجٍ صغيرٍ، إلّا أنَّها مَفْقودَة. لا دَلائِلَ تُشيرُ إلى طَريقةِ اللَّعِبِ، ولا توجَدُ لُعبةٌ في زَمانِنا هذا تُشابِهُها. مع ذلك، فإنَّنا نَعْلَمُ بِالتَّأكيدِ أنَّ المُرَبَّعاتِ كانَتْ تُمَثِّلُ الحظَّ الحَسَنَ أو السّيّئ، وأنَّ الفوزَ أو الهَزيمَةَ كانا يَعْتَمِدانِ على الحَظّ.

يُرَجِّحُ الخُبَراءُ أنَّ الكِبارَ والصِّغارَ لَعِبوا بِهذه الأَلْعابِ، وأنَّ تُوت عَنْخ آمُون أيضًا كانَ يَلْعَبُها في حَياتِهِ.

اللَّوْحةُ وقِطَعُ لُعْبَةِ «اللُّصوص»
قِطَعُ اللُّعْبةِ كانَتْ توضَعُ في دُرْجٍ صغير
قِطَعٌ اُسْتُخْدِمَتْ كَنَرْد

حُجْرَةُ الدَّفْن

خارِج الباب، وَقَفَ تِمثالانِ لتُوت عَنْخ آمُون، بِالحَجْمِ الطَّبيعيّ، يَحْرُسانِ المَدْخَلَ المُؤَدّيَ إلى حُجْرَةِ الدَّفْن.

حُجْرَةُ الدَّفْنِ حُجْرَةٌ ذاتُ جُدْرانٍ مَطْلِيَّةٍ، يَحْتَلُّ قِسْمًا كَبيرًا من مِساحَتِها صُندوقٌ خَشَبِيٌّ كَبيرٌ يُسَمّى الضَّريح، بِداخِلِهِ شَيْءٌ لَمْ يَرَهُ أحَدٌ لِأكْثَرَ من ٣٠٠٠ عامٍ. إنَّه التّابوتُ الحَجَرِيُّ لتُوت عَنْخ آمُون.

المَدْخَلُ المُؤَدّي إلى مَقْبَرَةِ تُوت عَنْخ آمُون

تِمثالانِ يَحْرُسانِ المَدْخَلَ المُؤَدِّيَ إلى المَقْبَرة

اِحْتَوى التّابوتُ الحَجَرِيُّ
على تابوتَيْنِ منَ الخَشَبِ،
وبِداخِلِهِما تابوتٌ ثالِثٌ
منَ الذَّهَبِ الخالِصِ،
يَرْقُدُ فيهِ جَسَدُ تُوت
عَنْخ آمُون المُحَنَّطُ،
واضِعًا قِناعَهُ الذَّهَبيّ.

قامَ «كارتِر» وفَريقُهُ
بِتَسْجيلِ ما عَثَروا عَلَيْهِ
وقِياسِهِ وحِفْظِه. وكانَ
عَلَيْهِمْ تَوَخّي الدِّقَّةِ التّامَّةِ
لِلْحَيْلولَةِ دونَ إلحاقِ الضَّرَرِ
بِالمومْياءِ، وعَمِلوا بِبُطءٍ
شديد. اِسْتَغْرَقَتِ العَمَلِيَّةُ،
ابْتِداءً من رَفْعِ غِطاءِ التّابوتِ
الحَجَرِيِّ إلى اللَّحْظَةِ الّتي
وَجَدوا فيها الجُثَّةَ المُحَنَّطةَ،
أكثرَ من ١٨ شَهرًا.

قِناعُ تُوت عَنْخ
آمُون الذَّهَبيّ

عِندَما أَزالَ «كارتِر» لُفافاتِ الكَتّانِ، وَجَدَ جُثَّةَ شابٍّ، أَهْدابُهُ طويلةٌ، وأُذُناهُ مَثقوبَتانِ، غَيْرِ مُلْتَحٍ. عايَنَ عِظامَهُ، وأَسْنانَهُ، وأَيْقَنَ أنَّ عُمرَهُ كانَ يُناهِزُ ١٨ عامًا. الزُّيوتُ الخاصَّةُ الّتي سُكِبَتْ عَلَيْهِ لَمْ تَحْفَظْ جِسْمَهُ كما كانوا يَأمَلونَ، بَلْ أَتْلَفَتْهُ. شَكَّلَ هذا التَّلَفُ صُعوبةً لِلخُبَراءِ، فَلَمْ يَحْصُلوا على مَعْلوماتٍ بالقَدْرِ الّذي كانوا يَأمَلونَهُ.

«كارتِر» وأحَدُ أَفرادِ فَريقِهِ
مَعَ تابوتِ تُوت عَنْخ آمُون

حُجْرَةُ الكَنْز

الإلَهُ آنوبيس لَهُ جِسْمُ رَجُلٍ ورَأسُ ابنِ آوَى. كانَ تِمْثالُهُ يَحرُسُ حُجْرَةَ الكَنْز. في هذه الحُجْرَةِ، كانَ هناك صُنْدوقٌ مَطْلِيٌّ بِالذَّهَبِ، ونَماذِجُ لِزَوارِقَ، والكثيرُ منَ العُلَبِ، بَعضِها يَحمِلُ عَلامةَ «مُجَوْهَرات»، وبَعضِها يَحمِلُ عَلامةَ ««خواتِمُ ذَهَبِيَّة».

نُموذَجٌ لِزَوْرَقٍ يَنْتَقِلُ بِهِ تُوت عَنْخ آمُون إلى الحَياةِ التّالية

صُنْدوقٌ خَشَبِيٌّ كبيرٌ مُطَعَّمٌ بِالعاجِ، ومُزَيَّنٌ بالذَّهَبِ والفِضَّة

عَثَرَ «كارتِر» وفَريقُهُ، في حُجْرَةِ الكَنْز، على أكثَرَ من ٤٠٠ شَكْلٍ خَشَبِيٍّ صغيرٍ يُدعى «شَبْتي». بعضُ هذه الأشْكالِ يُمَثِّلُ أفْرادًا منَ الأُسْرةِ المَلَكيَّةِ، وبعضُها الآخَرُ يُمَثِّلُ خدَمًا لِلفِرْعَونِ في الحَياةِ بعدَ المَوْتِ، وهم يَحْمِلونَ مُعِدَّاتِ الزِّراعةِ، كالمَعازِقِ والمَعاوِلِ والسِّلال.

لَمْ يَكُنْ لِمِصْريٍّ عاديٍّ أن يَحْصُلَ على خَدَمٍ في قَبْرِهِ. تُرينا «الشَبْتي» أَنْواع المِهَن الّتي امْتَهَنَها النّاسُ العادِيُّونَ في ذلك الزَّمَنِ، وكذلك، تُرينا أَهَمِيَّةَ الزِّراعة.

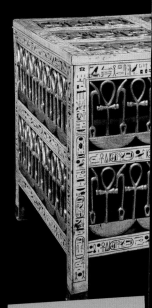

ما يَحْمِلُهُ هذا «الشَّبْتي» يَدُلُّ على أنَّهُ مَلَكِيّ. ما يَحْمِلُهُ كانَ يُسْتَخْدَمُ في الزِّراعةِ أيضًا.

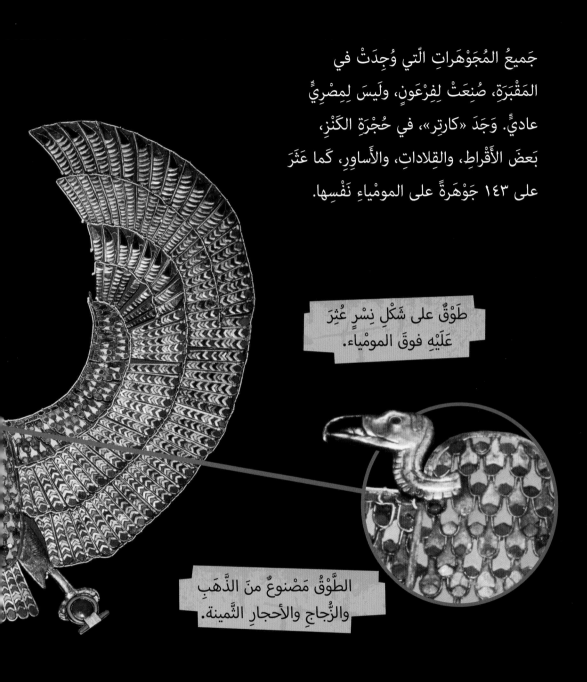

جَميعُ المُجَوْهَراتِ الّتي وُجِدَتْ في المَقْبَرَةِ، صُنِعَتْ لِفِرْعَونٍ، ولَيسَ لِمِصْرِيٍّ عاديٍّ. وَجَدَ «كارتِر»، في حُجْرَةِ الكَنْزِ، بَعضَ الأَقْراطِ، والقِلاداتِ، والأَساوِرِ، كَما عَثَرَ على ١٤٣ جَوْهَرةً على المومْياءِ نَفْسِها.

طَوْقٌ على شَكْلِ نِسْرٍ عُثِرَ عَلَيْهِ فوقَ المومْياء.

الطَّوْقُ مَصْنوعٌ منَ الذَّهَبِ والزُّجاجِ والأَحجارِ الثَّمينة.

اِرتَدى المِصْرِيّونَ القُدَماءُ،
رِجالاً ونِساءً، المُجَوْهَرات،
وذلكَ لِإظْهارِ ثَرائِهِمْ،
أو لِوِقايَتِهِمْ منَ الشُّرورِ،
أو لِجَلْبِ الحَظِّ السَّعيد.
اسْتُخْدِمَ الذَّهَبُ، والفِضَّةُ،
والبُرونْزُ لِصُنْعِ المُجَوْهَراتِ
آنَذاك. كما اسْتُخْدِمَتِ
الأحْجارُ الكَريمةُ الّتي جَلَبَها
التُّجّارُ منَ البِلادِ الأُخْرى.

قُرْط

كلُّ مَخْلَبٍ يَقْبِضُ
على حَجَرٍ ثَمينٍ
كَرَمْزٍ لِلحِمايَة.

لماذا تُعْتَبَرُ مَقْبَرَةُ تُوت عَنْخ آمُون مُهِمَّة؟

عِندَما اكْتُشِفَتْ مَقْبَرَةُ تُوت عَنْخ آمُون، نُشِرَ الخَبَرُ في جَريدةِ «تايمز» البَريطانِيَّة. سافَرَ الزُّوّارُ والصَّحافِيّونَ من كلِّ أَرْجاءِ العالَمِ إلى «وادي المُلوكِ» لِرُؤيَةِ هذا الاكْتِشاف. سُرَّ «اللّورد كرنارفون» بِالشُّهْرةِ، وأَقامَ مآدِبَ الغَداءِ داخِلَ المَقْبَرَة. إلّا أنَّ ذلك جَعَلَ عَمَلَ «كارتِر» أكثرَ صُعوبةً لأنَّ المَقْبَرَةَ أَصْبَحَتْ تَعُجُّ بِالنّاسِ.

زُوّارُ مَعْرَضِ تُوت عَنْخ آمُون في الوِلاياتِ المُتَّحِدةِ الأَمريكِيَّة

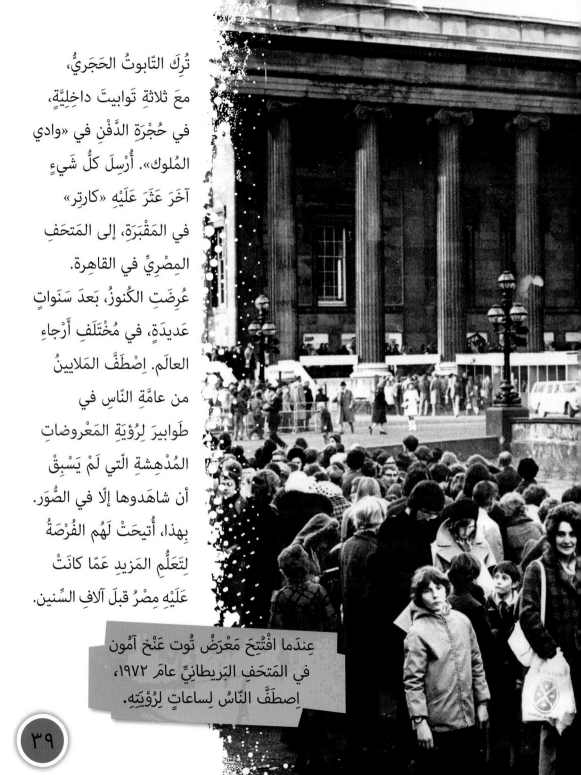

تُرِكَ التّابوتُ الحَجَرِيُّ، مَعَ ثَلاثَةِ تَوابيتَ داخِلِيَّةٍ، في حُجْرَةِ الدَّفْنِ في «وادي المُلوك». أُرْسِلَ كُلُّ شَيءٍ آخَرَ عَثَرَ عَلَيْهِ «كارتِر» في المَقْبَرَةِ، إلى المَتحَفِ المِصْرِيِّ في القاهِرة. عُرِضَتِ الكُنوزُ، بَعدَ سَنَواتٍ عَديدَةٍ، في مُخْتَلَفِ أَرْجاءِ العالَم. اِصْطَفَّ المَلايينُ من عامَّةِ النّاسِ في طَوابيرَ لِرُؤيَةِ المَعْروضاتِ المُدْهِشَةِ الّتي لَمْ يَسْبِقْ أن شاهَدوها إلّا في الصُّوَر. بِهذا، أُتيحَتْ لَهُم الفُرْصَةُ لِتَعَلُّمِ المَزيدِ عَمّا كانَتْ عَلَيْهِ مِصْرُ قبلَ آلافِ السِّنين.

عِندَما افْتُتِحَ مَعْرَضُ تُوت عَنْخ آمُون في المَتحَفِ البَريطانِيِّ عامَ ١٩٧٢، اِصطَفَّ النّاسُ لِساعاتٍ لِرُؤيَتِهِ.

عَمَّ تُخْبِرُنا التِّكْنولوجِيا الحَديثة؟

اليوم، بِإمكانِنا اسْتِخْدامُ التِّكْنولوجِيا الحَديثةِ، مثلِ الأَشِعَّةِ المَقْطَعِيَّةِ، لِنَعْرِفَ المَزيدَ عن تُوت عَنْخ آمُون. في عامِ ٢٠٠٥، أظْهَرَتِ الأَشِعَّةُ المَقْطَعِيَّةُ لِجَسَدِهِ أنَّهُ كَسَرَ ساقَهُ قبلَ مَوْتِهِ بِفَترةٍ قصيرةٍ، وأنَّها أُصيبَتْ بعدَها بالتِهاب. كما كَشَفَتِ الاِخْتِباراتُ أنَّهُ كانَ يُعاني من مَرَضِ المَلاريا، وأنَّهُ كانَ مُصابًا بِمَرَضٍ في عِظامِ قَدَمَيْهِ. منَ المُرَجَّحِ أنَّهُ كانَ يَعْرُجُ، ما يُفَسِّرُ وُجودَ نَحوَ ١٣٠ عُكّازًا في مَقْبَرَتِهِ.

لَمْ يَكُنْ بِمَقْدورِ «كارتِر» مَعْرِفةُ مَعْلوماتٍ كَهذه لأنَّ التِّكْنولوجِيا لَمْ تَكُنْ مُتَطَوِّرَةً في عامِ ١٩٢٢. معَ ذلك، وعلى الرَّغْمِ من أنّنا، الآن، نَعْرِفُ كلَّ هذه الأُمورِ، إلاّ أنّنا ما زِلْنا نَجْهَلُ كيفَ ماتَ تُوت عَنْخ آمُون.

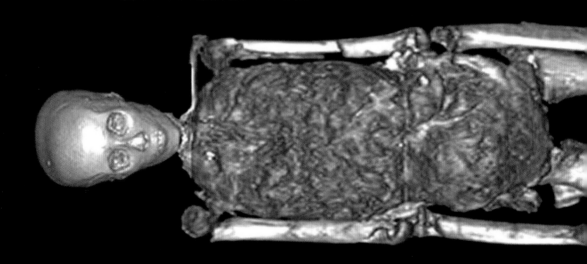

الأَشِعَّةُ المَقْطَعِيَّةُ لِجَسَدِ تُوت عَنْخ آمُون

هل هناك المَزيدُ لِاكْتِشافِهِ؟

لَمْ نَكُنْ نَعرِفُ الكثيرَ عن تُوت عَنْخ آمُون قبلَ اكْتِشافِ مَقْبَرَتِه.

الآن، نَعرِفُ أكثرَ عَنْهُ، فنَعْرِفُ مَثلاً الأَثاثَ الّذي كانَ يَمْتَلِكُهُ، واللُّعَبَ الّتي منَ المُحْتَمَلِ أنَّهُ لَعِبَها، والمَلابِسَ الّتي ارْتَداها، والطَّعامَ الّذي تَناوَلَهُ.

كذلك، نَعرِفُ الأَمْراضَ الّتي أُصيبَ بِها. ولكن، ما زِلْنا لا نَعرِفُ شَيئًا عن أُسْرَتِه، ولا نَعْرِفُ كَيفَ، ولماذا أَصْبَحَ فِرْعَونًا، أو أَيَّ أَحْداثٍ مُهِمّةٍ مَرَّتْ بِهِ.

في الوقتِ الرّاهِنِ، نَعرِفُ أنَّ شُهْرَةَ الفِرْعَونِ تُوت عَنْخ آمُون الّتي تَعودُ إلى مَوْتِهِ ومَقْبَرَتِهِ، فاقَتْ أيَّ إنْجازٍ في حَياتِهِ.

تَكْشِفُ الأشياءُ الّتي وُجِدَتْ في مَقْبَرَةِ تُوت عَنْخ آمُون كيفَ عاشَ وعَمِلَ المِصْرِيّونَ القُدَماء. نَعرِفُ، الآن، أكثَرَ عن مَهارَةِ الصّاغَةِ، والجَواهِرِيِّينَ، والنَّجّارينَ، والنَّسّاجينَ، والخَزّافينَ، وصانِعي السِّلالِ، فَضْلًا عن ثَراءِ البِلادِ بِصِفَةٍ عامّة. كذلك، نَعرِفُ، الآن، أكثَرَ عن تَقاليدِ الدَّفْنِ الّتي اتَّبَعَها المِصْرِيُّونَ القُدَماء. كَشَفَتِ المَقْبَرَةُ المَزيدَ منَ المَعْلوماتِ حَولَ الحَياةِ في ذلك الزَّمَنِ، أكثرَ مِمّا كَشَفَتْ عنِ الفِرْعَونِ نَفسِهِ.

لا تَزالُ هناكَ المِئاتُ منَ المَواقِعِ في مِصْرَ الّتي يُمْكِنُ أن يَعْثُرَ عُلَماءُ الآثارِ فيها على أَبْنِيَةٍ وأشياءَ تَعودُ لِآلافِ السِّنين. قَدْ يَكْتَشِفونَ شَيئًا يُخْبِرُنا المَزيدَ عنِ المِصْرِيّينَ القُدَماءِ، كيفَ عاشوا، وعَمِلوا، وماتُوا.

مَجْموعةٌ سِياحيّةٌ في «وادي المُلوك»

قائِمةُ المُفْرَدات

اِبْنُ آوَى فَصيلَةٌ منَ الذِّئاب

آنوبيس إلَهُ المَوْتى عِندَ المِصْرِيّينَ القُدَماء

الأَشِعَّةُ المَقْطَعِيَّة صُوَرٌ إلِكترونِيَّةٌ لِلجِسْمِ منَ الدّاخِل

تابوت صُنْدوقٌ لِوَضْعِ الشَّخصِ المَيِّت

التَّحْنيط إعدادُ الجُثَثِ لتَبقى مَحْفوظَةً بِمَنْعِ تَحَلُّلِها

التَّقاليد الأَساليبُ والعاداتُ المَوْروثَةُ في المُجْتَمَع

تَمويل تَوْفيرُ المالِ اللّازِمِ لِمُهِمَّةٍ ما

تَنْقيب البَحْثُ والحَفْرُ لِغَرَضٍ مُحَدَّد

عِلْمُ المِصْرِيّات دِراسةُ حَضارةِ مِصْرَ القديمة

الفَيَضان الاِرتِفاعُ الشّديدُ في مَنْسوبِ مِياهِ النَّهر

الكَهَنَة رِجالُ الدِّينِ في المَعابِد

المَلاريا مَرَضٌ خَطيرٌ في الدَّمِ يَنْقُلُهُ البَعوض

مَمْفيس مدينةٌ قَديمَةٌ بالقُربِ من مِنْطَقَةِ سَقّارة

مَمْلَكة / مَمالِك بِلادٌ يَحْكُمُها المُلوكُ أو المَلِكات

مُنَمَّقَة مُطَرَّزَةٌ ومُزَيَّنَةٌ ومُحَلّاةٌ بِدِقَّة

المَهارة القُدْرَةُ على العَمَلِ بإتْقانٍ بِصورةٍ مُتَكَرِّرة

مُومْياء جُثَّةٌ مَلْفوفَةٌ ومُعالَجَةٌ بِالتَّحْنيطِ لِمَنْعِ تَحَلُّلِها

النُّبَلاء طَبَقَةٌ منَ النّاسِ مُمَيَّزَةٌ مُقَرَّبَةٌ منَ المُلوك أو المَلِكات

وَميض بَريقٌ ولَمَعان

الفِهرِس

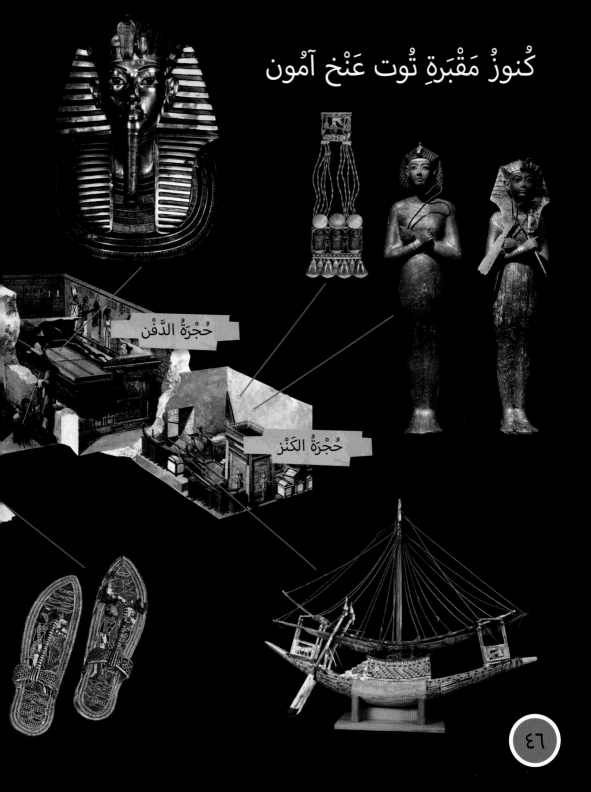

كُنوزُ مَقْبَرَةِ تُوت عَنْخ آمُون

حُجْرَةُ الدَّفْن
حُجْرَةُ الكَنْز

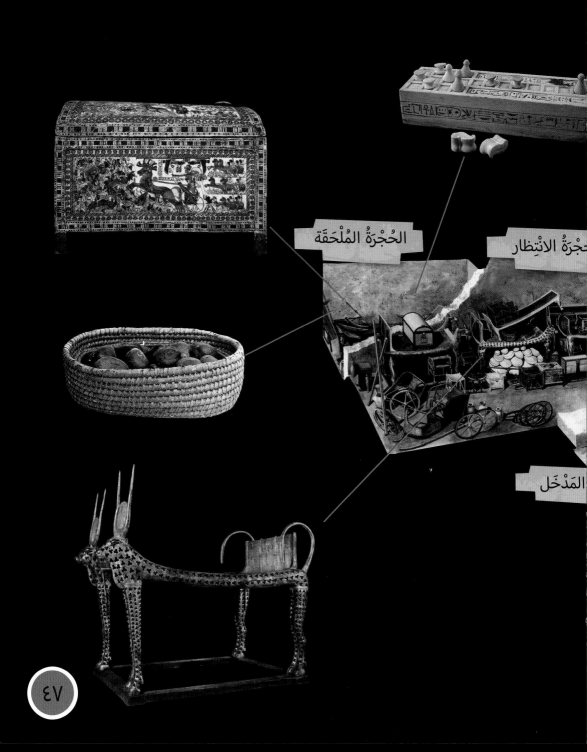

الحُجْرَةُ المُلْحَقَة
حجْرَةُ الانْتِظار
المَدْخَل

أفكار واقتراحات

الأهداف:

- قراءة نصّ وثائقيّ تاريخيّ بسلاسة.
- قراءة نصّ يحتوي على مفردات متخصّصة وغير مألوفة نسبيًّا.
- قراءة جمل أطول نسبيًّا.
- استخدام قائمة المحتويات والفهرس للعثور على المعلومات.
- استخلاص معلومات محدّدة.

روابط مع الموادّ التعليميّة ذات الصلة:

- مبادئ التاريخ.
- مبادئ العلوم.
- التعرّف على جوانب من علم المصريّات.

مفردات جديرة بالانتباه: فيضان، تحنيط، محنّطون، مومياء، حفريّات، تابوت

الأدوات: انترنت

قبل القراءة:

- ما هي ملاحظاتكم حول الغلاف الخارجيّ الأماميّ للكتاب؟
- هيّا نقرأ العنوان معًا. ماذا تعرفون عن هذا القناع الذهبيّ؟
- انظروا إلى قائمة المحتويات. في أيّ صفحة سنجد معلومات عن كنوز المقبرة؟
- انظروا إلى قائمة المحتويات. في أيّ صفحة سنجد قائمة المفردات؟ كيف نستخدمها لفهم كلمات غير مألوفة؟

أثناء القراءة:

- انظروا إلى الصورة ص ٥: ماذا نتعلّم منها عن عمليّة التحنيط؟
- انظروا إلى الصورة ص ٦–٧: ماذا نرى؟ هل زرتم الأهرامات في مصر؟ هل تعرفون غيرها من عجائب الدنيا السبع في العالم القديم؟ كم منها يوجد في الوطن العربيّ؟